4.69
SJ.
6/04.

RHYFEL Y DEGWM

Rhyfel y Degwm

Mair Wynn Hughes

Lluniau gan
Graham Howells

Argraffiad cyntaf: 2003

ISBN 1 84323 260 X

Hawlfraint y testun ⓗ Mair Wynn Hughes 2003 ©
Hawlfraint y lluniau ⓗ Graham Howells 2003 ©

Mae Mair Wynn Hughes wedi datgan ei hawl dan
Ddeddf Hawlfraint, Dyluniadau a Phatentau 1988
i gael ei chydnabod fel awdur y llyfr hwn.

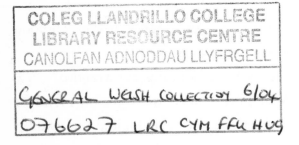

Argraffwyd gan
Wasg Gomer, Llandysul, Ceredigion SA44 4QL

1

"Glywi di nhw, Tomos?" holodd Wiliam.

"Clywaf."

"Be maen nhw'n ei ddweud?"

"Dweud nad ydyn nhw am dalu'r Degwm," sibrydodd Tomos.

"Be ydi Degwm?" holodd Wiliam.

"Talu arian i'r eglwys."

"Ond pobl capel ydan ni," mynnodd Wiliam.

"Ia," meddai Tomos.

"Ac mae Dad yn talu rhent i Syr Edmwnd, tydi?"

"Ydi."

"Pam mae'n rhaid talu Degwm hefyd?" holodd Wiliam yn ddryslyd.

"O . . . cau hi, Wiliam, i mi gael gwrando."

Roedd Wiliam a'i frawd wedi gorfod mynd i'r gwely'n gynnar am fod cymdogion yn dŵad i drafod mater pwysig, meddai eu rhieni. Mater oedd yn rhy bwysig i'w drafod o flaen plant, ychwanegodd eu tad.

Rydw i'n ddeg oed, meddyliodd Tomos, ac yn

ddigon hen i gael gwybod pethau. Saith oed ydi Wiliam. Rhy ifanc i ddim.

"Yli, aros di yn y gwely. Rydw i am fynd i ben y grisiau i wrando," sibrydodd Tomos.

"Rydw i'n dŵad hefyd," sibrydodd Wiliam yn ôl.

"Nac wyt," hisiodd Tomos.

"Ydw!"

Llithrodd Wiliam o'r gwely plu a dilyn ei frawd i gyfeiriad y drws isel hanner-agored ar dop y grisiau.

"Paid â gwneud sŵn," rhybuddiodd Tomos.

"Wna i ddim."

Yn araf ofalus, agorodd Tomos ychydig yn rhagor ar y drws a rhewodd y ddau ar dop y grisiau i wrando. Roedd murmur lleisiau'n codi a gostwng o'r gegin oddi tanodd.

"Fedra i ddim talu rhagor, mae hynny'n siŵr i chi," meddai llais.

"Na finna chwaith."

"Codi'r Degwm, a'n prisiau ninnau mor isel – sdim sens yn y peth!"

"Mae cwymp ym mhris yr ŷd."

"A phris gwael gefais i am fy ngwartheg," meddai llais eu tad.

"Tasan ni ond yn cael gostyngiad," cynigiodd rhywun arall.

"Ia . . . ond gostyngiad o faint? Fyddan nhw'n fodlon ar . . . ddeg y cant, efallai?"

Roedd bodiau traed Wiliam yn dechrau cyffio ar y llawr pren, ac roedd cryndod oer yn symud i fyny ac i lawr ei gefn yn y drafft a ddeuai drwy ffrâm y ffenest. Symudodd yn anniddig.

"Sssh!" rhybuddiodd Tomos. "Neu mi fyddan nhw'n ein clywed ni."

"Ond rydw i'n oer . . ."

"Sssh!"

"Mi a' i at y Ficer fory," meddai eu tad, "i ofyn am ostyngiad. Na . . . i fynnu cael un. Neu fydda i ddim yn talu 'run ddima goch."

"O . . . John!"

Roedd llais eu mam yn llawn pryder. "Be ddigwyddith i ni wedyn?" gofynnodd yn grynedig.

Roedd stumog Tomos yn troi'n ofnus hefyd. Beth ddigwyddai i'w dad pe bai'n gwrthod talu?

"Oes rhaid talu'r Degwm, Tomos?" holodd Wiliam.

Roedd ei lais yntau'n llawn ofn.

"Mae o'n siŵr o gael gostyngiad, sti." Ceisiodd Tomos ei gysuro mewn llais distaw.

Er, doedd o ddim mor siŵr â hynny chwaith.

Daeth sŵn ffarwelio o gyfeiriad y drws ffrynt, a lleisiau'n addo pob cefnogaeth. Roedd pawb am fynnu gostyngiad. A hynny fory nesa.

2

Cododd eu rhieni yn gynnar fore trannoeth. Roedd eu tad wedi godro'r gwartheg a bwydo'r ddwy hwch a'u moch bach cyn i Tomos a Wiliam godi.

"Brysiwch i chi gael brecwast a chychwyn am yr ysgol," galwodd eu mam o waelod y grisiau.

Ac yna dyma hi'n mynd i siarad yn isel efo'u tad wrth y drws allan. Clustfeiniodd y ddau.

"Be wnawn ni, John?"

"Dydw i ddim am dalu, Jane. Fedrwn ni ddim."

"Ond . . . John . . ."

Roedd llais eu mam yn llawn dagrau.

Plygodd y ddau fachgen uwchben eu powlenni uwd a cheisio cymryd arnynt nad oedden nhw'n clywed gair. Roedd eu rhieni wedi dadlau a ffraeo yn y gwely neithiwr hefyd. Fe glywodd y ddau nhw wrthi drwy'r wensgot. A fyddai eu rhieni byth yn ffraeo llawer.

Edrychodd y ddau ar ei gilydd.

"Wyt ti'n meddwl y byddwn ni i gyd yn mynd i'r carchar?" holodd Wiliam yn ddistaw.

"Be wn i?" atebodd Tomos yn bigog.

"Ond dydi Dad ddim am dalu cymaint o ddegwm."

"Sdim bai arno am wrthod. Dydi o ddim yn deg . . . talu cymaint."

Plygodd Wiliam uwchben ei bowlen uwd unwaith eto wrth glywed traed ei fam yn dod o gyfeiriad y drws.

"Brysiwch wir," meddai.

Ond roedd ei llais yn bell a chynhyrfus rywsut.

"Gawn ni ein cosbi am beidio talu'r Degwm, Mam?" mentrodd Wiliam.

Ochneidiodd ei fam a cheisio gwenu.

"Wn i ddim be all ddigwydd, Wiliam bach," meddai'n drymaidd. "Ond mae lot o ffermwyr yn gwrthod talu. Nid dy dad ydi'r unig un."

"Does dim modd anfon pawb i'r carchar, yn nac oes?" meddai Wiliam yn obeithiol.

"Wnân nhw ddim anfon neb, siŵr iawn," atebodd.

Ond roedd golwg ansicr ar wyneb ei fam.

"I ffwrdd â chi," gorchmynnodd. "A dydw i ddim eisio clywed bod 'run ohonoch chi wedi cael y *Welsh Not* heddiw."

"Ond fedra i ddim siarad Saesneg," cwynodd

Wiliam. "Ddim ond '*yes*' a '*no*'. Mae Mistar Jones yn fy mygwth i efo'i gansen o hyd. Ac yn fy rhoi i yn y gongl efo'r *Welsh Not*. Dydi o ddim yn deg."

Ochneidiodd ei fam.

"Nac ydi wir, Wiliam bach," meddai. "Ond rhaid ufuddhau, sti."

"Mi edrycha i ar ei ôl o," addawodd Tomos.

Cychwynnodd y ddau. Roedd ganddyn nhw ffordd bell i gerdded. Fferm ar gwr y mynydd oedd eu cartre nhw . . . Waun Dirion. A fferm dda oedd hi hefyd. Byddai eu tad yn brolio ei bod hi gystal ag unrhyw fferm yn yr ardal. Ac roedd eu tad yn ffermwr gofalus. Byddai'n gofalu am y gwartheg, ac am Samson a Bess, y ceffylau gwedd mawr, a'r defaid, a'r ddwy hwch a'u moch bach, ac yn cael pris da am bopeth fel arfer.

Ac ers y llynedd, roedd ganddyn nhw darw! Creadur mawr, peryg yr olwg, a fyddai'n puo a bygwth os gwelai rywun dieithr yn ei gae. Arian gafodd eu mam ar ôl Taid dalodd amdano. Ond roedd angen tarw da er mwyn gwella'r stoc, meddai eu tad.

"Mi fydda inna'n ffermio ryw ddiwrnod," meddai Wiliam.

"Rwyt ti'n rhy fach," meddai Tomos.

11

"Ond mi fydda i'n siŵr o dyfu," meddai Wiliam.

Brysiodd y ddau ymlaen rhag ofn iddyn nhw fod yn hwyr. Ond dechreuodd cloch yr ysgol ganu cyn iddyn nhw gyrraedd.

"Nefi, brysia, Wiliam," meddai Tomos gan gychwyn ar ras o'i flaen.

Cyrhaeddodd y ddau jest pan oedd y llinell hir o blant yn cerdded i mewn drwy'r drws.

"*Late again,*" chwyrnodd Mistar Jones gan chwifio'i gansen *swish* yn fygythiol. "*This will not do, you know. It won't do at all. Will it, Wiliam?*" holodd yn sydyn.

"Deuda . . . *No, Sir*," sibrydodd Tomos drwy gongl ei geg.

"*N-no, S-Sir*," mentrodd Wiliam.

Wedi galw'r rhestr enwau, tynnodd pawb eu llechen o'r desgiau pren.

"*We will learn to read properly again today*," meddai Mistar Jones.

Sgrifennodd ar y bwrdd du:

A rod is for a bad boy.

Be not you a bad boy.

Can you do as I bid you?

Do not you be an ill boy.

Gafaelodd yn ei gansen ac edrych yma ac acw yn y dosbarth.

"*Now, Tomos. You begin*," gorchmynnodd.

"*A r-rod i-is fo-r a ba-ad bo-y*," darllenodd Tomos yn araf.

"*Yes. A rod is for a bad boy*," meddai Mistar Jones gan lygadu'r dosbarth. "*For all bad boys that speak Welsh*," pwysleisiodd gan chwifio'i gansen yn fygythiol. "*Do you understand that, Wiliam?*"

Roedd Wiliam yn fud. Sut y dylai ateb? *Yes*, ta *No*?

"*Do you understand, Wiliam?*" rhuodd Mistar Jones eto.

13

"Yndw, Syr. Plîs, Syr," baglodd Wiliam.

"What did you say?"

Dechreuodd Wiliam grio. Doedd o ddim yn gwybod beth i'w ddweud. Ac roedd golwg ffyrnig ofnadwy ar Mistar Jones.

Cododd Tomos ei law.

"Yes?"

"Wiliam is not well today, Sir."

"And what exactly is wrong with you, Wiliam?"

Ni allai Wiliam ddweud gair.

"ANSWER ME, BOY?"

Dechreuodd Wiliam grio mwy fyth.

"WILL YOU ANSWER ME, BOY!" bloeddiodd Mistar Jones a'r poer yn sboncio o'i geg. *"AND STOP THAT CRYING!"*

Gafaelodd yn sgrepan Wiliam a'i lusgo i'r gongl.

"Be quiet! Stay there and wear that."

Estynnodd am bren y *Welsh Not* a'i hongian am wddf Wiliam. Hanner-cododd Tomos o'i sedd. Roedd o eisio neidio ar Mistar Jones a'i gicio a'i ddyrnu nes iddo fo ddisgyn i'r llawr. Ac mi fuasai'n rhoi andros o gwrbins iddo efo'r gansen wedyn hefyd. Ond fe wyddai nad oedd wiw iddo.

Doedden nhw ddim i fod i siarad Cymraeg.
Doedd neb. Ond doedd dim bai ar Wiliam. Doedd
o ddim yn medru siarad Saesneg eto. Caeodd
Tomos ei lygaid rhag edrych arno yn sypyn yn y
gornel a'r hen bren annifyr 'na am ei wddf.

"Yli. Does mo'r ots," cysurodd ei frawd bach ar
y ffordd adre. "Mae pawb yn cael yr hen *Welsh Not*
'na weithiau. Rydw i wedi'i gael o hefyd."

"Dydw i ddim eisio i Mam a Dad wybod,"
sniffiodd Wiliam.

"Ol-reit, ta. Wna i ddim dweud."

Roedd David Buarth Ganol yn cerdded y tu ôl iddyn nhw.

"Babi clwt!" meddai. "*Crying like a baby.*"

Caeodd Tomos ei ddyrnau'n ffyrnig. Roedd teulu Buarth Ganol yn rêl cynffonnwrs. Yn closio at y Ficer a'r Stiward bob amser, ac yn achwyn wrth Mistar Jones am blant oedd yn siarad Cymraeg. Doedd David Buarth Ganol *byth* yn cael y *Welsh Not*!

"Meindia dy fusnes," meddai Tomos yn chwyrn.

"Iyhŵ!" ystumiodd David cyn troi am ei gartref.

"Cenfigennus ydi o," eglurodd Tomos. "Ma'n fferm ni yn well na'u fferm nhw. A Dad yn well ffermwr hefyd. A does ganddyn *nhw* ddim tarw."

"Wnei di ddim sôn 'mod i wedi cael y *Welsh Not* heddiw, yn na wnei?" holodd Wiliam yn bryderus.

"Rydw i wedi dweud, dydw!" meddai Tomos.

Ond wedi iddyn nhw gyrraedd adre, fe anghofiodd y ddau yn llwyr am y *Welsh Not*. Roedd golwg 'be wna i' ar eu rhieni, a'r ddau'n eistedd yn benisel wrth fwrdd y gegin.

"Be sy?" holodd Tomos.

"Does dim gostyngiad i'w gael," atebodd ei dad yn drymaidd. "Rhybudd deg diwrnod i dalu."

"Be wnawn ni?" holodd Tomos eto.

Ymsythodd ei dad wrth y bwrdd.

"Mae'r Degwm yn rhy uchel o lawer," meddai. "Dydw i ddim am dalu. Ac nid y fi ydi'r unig un. Mi safwn ni efo'n gilydd . . . holl ffermwyr yr ardal. Chân nhw mo'n trechu ni."

"Ydi tad David am wrthod talu?" mentrodd Tomos.

Duodd wyneb eu tad.

"Elias Buarth Ganol? Dim ots amdano fo," meddai'n llym.

Ond roedd wyneb eu mam yn llawn pryder. Be ddeuai ohonyn nhw, a'r eglwys a'r tirfeddianwyr mor gryf?

3

Doedd dim o'u blaenau ond disgwyl i weld beth ddigwyddai nesaf. A fu dim rhaid iddyn nhw ddisgwyl yn hir. Fe alwodd y Ficer i'w rhybuddio.

"Deg diwrnod sy ganddoch chi, cofiwch," meddai. "Os na fyddwch chi'n talu, mi fydd Comisiynwyr yr Eglwys yn eich gorfodi."

Ddywedodd eu tad 'run gair.

Edrychodd y Ficer o gwmpas y gegin. Roedd tanllwyth o dân yn y grât, a dwy gadair freichiau o bobtu'r aelwyd. Berwai'r tecell mawr du wrth y tân a deuai arogl crasu bara o'r popty haearn ar y dde iddo. Roedd y llawr llechi'n sgleinio'n lanwaith, a'r gegin yn edrych yn gysurus iawn.

"Nid *methu* talu rydych chi, ond gwrthod am eich bod chi'n gapelwyr. Casineb at yr eglwys ydi peth fel hyn."

Yna edrychodd y Ficer ar Tomos a Wiliam yn sefyll yn nrws y gegin.

"Cofiwch am y ddau fachgen yma. Mae arnyn nhw angen Saesneg i ddŵad ymlaen yn y byd. A dydi'r Ysgol Sul a'i Chymraeg yn ddim ond lle i gynllwynio yn erbyn yr eglwys," meddai. "Mi fyddwch chi'n difaru, coeliwch chi fi. Atafaelu fydd y cam nesaf."

Ceisiodd ymddangos yn rhesymol, a gostyngodd ei lais. "Pam na wnewch chi ddod yn ôl i'r eglwys? Dyna fuasai orau i chi. A derbyn bod yn rhaid talu'r Degwm."

Roedd hi'n ddistaw yn y gegin.

"Ylwch," meddai eto. "Dydych chi ddim eisio tynnu'r eglwys yn eich pen, yn nac oes? A beth am Syr Edmwnd? Mae o'n eglwyswr selog. Fydd ganddo fo ddim cydymdeimlad efo tenant sy'n gwrthod talu'r Degwm."

"Mi rydw i'n talu'r rhent yn brydlon bob amser," meddai eu tad. "Ac wedi trio gwella dipyn ar y fferm yma hefyd. Efo arian digon prin," ychwanegodd.

"Ond tybed a fydd hynny'n ddigon?" oedd yr ateb cwta.

"Beth oedd o'n ei feddwl, John?" holodd eu mam yn gynhyrfus wrth wylio'r Ficer yn neidio ar gefn ei geffyl ac yn cychwyn yn ôl am y pentre.

"Bygwth oedd o, dim mwy," meddai eu tad yn gryf. "Dwyn arian pobl gyffredin mae rhai fel y fo."

"Ond roedd o'n sôn am Syr Edmwnd. Fydd hwnnw o'i go hefyd, John? A ninnau'n denantiaid iddo."

Ysgwyd ei ben heb ateb wnaeth eu tad.

"Chwarae teg i'r Ficer am ddŵad yma i'n rhybuddio ni," meddai eu mam. "Dydi o ddim yn ddyn cas."

"Chwarae teg, wir!" wfftiodd eu tad. "Ofn colli arian mae o. Wel . . . mi gaiff *o* weld. Mae baich dwbl a threbl arnon ni. Talu at yr eglwys a thalu at y capel a'r Gweinidog, a thalu'r rhent, a thalu i'r bechgyn 'ma fynd i'r ysgol, a cheisio byw a'r prisiau mor isel. Fedrwn ni ddim talu'r Degwm hefyd. A dyna ben arni."

Arhosodd Tomos a Wiliam ar y buarth i wylio ceffyl y Ficer yn diflannu yn y pellter.

"Be 'di ata-atafaelu, Tomos?" holodd Wiliam yn ofnus.

"Wn i ddim," meddai Tomos gan blygu i fwytho Mot y ci. "Rhywbeth am werthu gwartheg, dwi'n meddwl."

Aeth y ddau yn ôl i'r tŷ. Roedden nhw am holi eu rhieni. Ond doedd dim gair i'w gael ganddyn nhw. Dim ond siars bendant i fihafio eu hunain a pheidio â swnian o hyd.

"Mae gynnon ni ddigon i boeni amdano," meddai eu mam yn drist.

4

Daeth y deg diwrnod i ben. Roedd Tomos a Wiliam yn helpu eu tad yn y beudy pan gyrhaeddodd y postman efo llythyr pwysig yr olwg arno.

"Mae'n ddrwg iawn gen i ddŵad â newydd drwg fel hyn," meddai'r postman.

Roedd pawb yn gwybod bod eu tad yn gwrthod talu'r Degwm, wrth gwrs.

"John! Llythyr!" galwodd eu mam gan frysio am y beudy.

Gwyliodd Tomos a Wiliam eu tad yn agor y llythyr yn ofalus ac yn ei astudio am eiliadau hir.

"Be sy ynddo fo, John?" holodd eu mam yn boenus.

"Dechrau'r frwydr, Jane," oedd yr ateb trymaidd. "Atafaelu. A hanner coron o ddirwy at gost y swyddogion hefyd."

"Cost arall! O John! Be wnawn ni?"

"Ymladd i'r eitha. Chân nhw ddim dwyn fy stoc i. A dwyn fuasa fo. Dydyn nhw ddim yn talu eu

gwerth nhw wrth atafaelu. Rhaid i ni gael cyfarfod arall."

Y noson honno gwyliodd Tomos a Wiliam rai o'r ffermwyr yn cyrraedd Waun Dirion. Roedd pob un wedi cael notis atafaelu erbyn y bore Llun. Doedd ffermwr Buarth Ganol ddim efo nhw.

"Ddeudis i, do?" meddai Tomos. "Cynffonnwrs ydyn nhw. Eisio cowtowio i Syr Edmwnd a'r Ficer."

Symudodd y ddau fachgen yn ddistaw bach at y drws i wrando.

"Rhaid ymladd i'r eitha," meddai un.

"A'u rhwystro nhw rhag cymryd y gwartheg," meddai un arall.

"Ond maen nhw'n cymryd teisi gwair a phopeth er mwyn cael yr arian," meddai eu tad. "Rhaid bod yn ddewr ac yn barod am unrhyw beth."

"Trueni na fuasai *pawb* efo ni," meddai llais arall. "Dydw i ddim yn gweld Elias Buarth Ganol yma."

A lledodd murmur isel anfoddog ymysg y ffermwyr.

Doedd neb wedi sylwi bod Tomos a Wiliam yn cuddio'n ddistaw wrth y drws. Roedden nhw'n glustiau i gyd.

"Rhaid rhybuddio pawb pan fydd y swyddogion yn cyrraedd."

"A rhaid i bawb ddŵad efo'i gilydd i'w herio nhw."

"Rhaid eu rhwystro rhag cymryd dim. Sefyll efo'n gilydd fel na fedran nhw atafaelu."

"Gorymdaith efo baneri, a chyrn yn canu," meddai un arall. "Galw pawb i ymuno â ni."

"Ew!" sibrydodd Tomos. "Mi fydd 'na lot o hwyl. Rydw i am chwarae triwant ddydd Llun. Wyt ti'n gêm, Wiliam?"

"Ydw," sibrydodd Wiliam yn ôl, er fod ei galon yn gwegian wrth feddwl am gansen Mistar Jones, a'r gosb fyddai yna am chwarae triwant. A beth fyddai ei rieni'n ei ddweud? Efallai y câi o a Tomos andros o chwip din am fod yn blant mor ddrwg.

Daeth y cyfarfod i ben o'r diwedd. Wrth glywed y ffarwelio, sgrialodd Tomos a Wiliam i gyfeiriad y beudy rhag i'w rhieni wybod eu bod wedi sefyll yno'n gwrando. Ac wedi i bawb fynd, aethant yn ôl i'r tŷ fel pe baen nhw'n gwybod dim am yr helynt fyddai yna fore Llun.

Estynnodd eu mam y powlenni tatw llaeth a thorri tafell o fara bob un iddyn nhw.

"Bwytewch eich swper ac ewch i'r gwely," gorchmynnodd.

Roedd golwg boenus iawn ar ei hwyneb, yn enwedig pan ddaeth eu tad i'r gegin efo pastwn yn ei law.

"Ooo!" ochneidiodd hithau wrth ei weld. "Fydd 'na ddim helynt peryglus, yn na fydd, John?"

"Na fydd, wrth gwrs," oedd yr ateb.

Rhoddodd eu tad y pastwn yng nghornel yr ystafell a daeth i eistedd wrth y bwrdd.

"Dweud celwydd oedden nhw," meddai Tomos wedi iddyn nhw gyrraedd y gwely. "Gei di weld."

"Dweud celwydd, Tomos?" holodd Wiliam a'i lygaid fel sòseri. "Mam a Dad yn dweud celwydd?"

"Ddim eisio i ni wybod maen nhw," eglurodd Tomos. "Eisio i ni fynd i'r ysgol o'r ffordd, yli."

Tyrchodd o dan y blanced wrth deimlo'r drafft oeraidd yn cyrraedd at ei gefn trwy ffrâm y ffenest. Swatiodd yn nes at Wiliam i geisio cynhesu.

5

Cychwynnodd y ddau frawd am yr ysgol fore trannoeth. Ond wedi iddyn nhw fynd ychydig o'r ffordd, neidiodd y ddau dros y clawdd a chuddio y tu ôl i'r gwrych.

"Guddiwn ni yn fa'ma, yli," meddai Tomos. "Welith neb ni. A phan ddechreuith yr hwyl, mi fyddan nhw'n rhy brysur i sylwi arnon ni."

"Fydd 'na ffraeo, Tomos?" holodd Wiliam.

"Wn i ddim," oedd yr ateb. "Ond mi ro i gwrbins iawn iddyn nhw os byddan nhw'n trio dwyn ein hanifeiliaid ni," broliodd gan gau ei ddyrnau'n fygythiol.

"A finna," meddai Wiliam yn ddewr.

Er, doedd o ddim yn teimlo'n ddewr chwaith. Roedd ei stumog yn corddi ers meitin. Doedd o erioed wedi chwarae triwant o'r blaen. Mi fyddai Mistar Jones yn gandryll ulw.

Bu'r ddau'n cuddio yno am beth amser.

"Well i ni fynd i'r ysgol, Tomos," meddai Wiliam. "Does 'na ddim byd yn mynd i ddigwydd."

Edrychodd Tomos yn hurt arno.

"A cholli'r hwyl? Dim peryg! Ac os awn ni i'r ysgol yn hwyr, y gansen gawn ni."

Aeth ias trwy gorff Wiliam wrth feddwl am y gansen. Roedd yn well iddo aros.

"Be ydi'r sŵn 'na?" holodd Tomos yn sydyn.

Cododd ar ei liniau a sbecian drwy'r gwrych yn wyliadwrus.

"Maen nhw'n dŵad!" meddai'n gynhyrfus.

Sbeciodd eto.

"Mae 'na gert, a'r Ficer a dau ddyn arall ynddi ar y blaen, a giang fawr o bobl. Nefi! Mae 'na blismyn hefyd."

"Plismyn!"

Roedd stumog Wiliam yn troi fwyfwy. Oedd plant oedd yn chwarae triwant yn gorfod mynd i'r carchar, tybed? Ond neidiodd ar ei draed i gael gweld beth oedd yn digwydd.

"I lawr!" hisiodd Tomos gan afael yng nghoes ei drowsus a'i dynnu'n ôl ar y glaswellt.

"Tyrd i lawr, y ffŵl," meddai'n chwyrn, "neu mi fyddan wedi dy weld di."

"Mi wnest ti sbio," grwgnachodd Wiliam.

"Sbecian wnes i, ddim sefyll a gadael i bawb fy ngweld i."

Daeth clip clop y ceffyl a sŵn olwynion y gert yn nes ac yn nes. Mentrodd Tomos sbecian eto.

"Chwech o blismyn," meddai o dan ei wynt, "a *lot* o ffermwyr reit wrth eu sodlau nhw. Mi fydd hi'n ffeit go iawn, gei di weld."

Swatiodd y ddau ar eu cwrcwd i aros i bawb fynd heibio. Yna, wedi sbecian eto i weld a oedd pawb wedi mynd, rhedodd y ddau yn eu cwman y tu ôl i'r wal nes cyrraedd y buarth.

"Beth tasa'r plismyn yn ein gweld ni?" gofynnodd Wiliam. "Ac yn ein rhoi ni yn y carchar am chwarae triwant?"

"Twt lol!" meddai Tomos. "Sgin ti ddim ofn, yn nac oes?"

"N-Nac oes," atebodd Wiliam yn ansicr.

Ond roedd o'n dechrau meddwl y buasai'n well ganddo fod yn yr ysgol, a dioddef y *Welsh Not* a'r gansen hefyd, nag yng nghanol criw o blismyn.

Wedi cyrraedd buarth Waun Dirion, dringodd y Ficer a'r swyddogion o'r gert.

"Dyma'r cyfle diwethaf i chi dalu'r Degwm, John Jones," meddai'r Ficer.

"Mi dala i os ca i ddeg y cant o ostyngiad," meddai eu tad.

"Rhaid talu'r cyfan, neu atafaelu," meddai'r swyddog yn bwysig. "Dydyn ni ddim yma i drafod."

Dechreuodd y giang o ffermwyr chwifio'u baneri a hwtio a chanu'r cyrn nes bod pobman yn diasbedain.

Brysiodd y plismyn i geisio cadw trefn.

"Dyna ddigon o sŵn," meddai un. "Cyfraith gwlad ydi peth fel hyn. Mae'n well i chi fynd adre i gyd."

"Dim peryg," bloeddiodd y ffermwyr. "Lladron ydi'r Ficer a'r eglwys. Maen nhw'n dwyn arian y tlawd!"

Dringodd Swyddog yr Eglwys ar ben bocs.

"Mae gwartheg yn y cae," meddai. "Rhaid gwerthu dwy fuwch er mwyn talu'r Degwm."

Edrychodd ar eu tad unwaith eto.

"Mi ro i un cyfle arall i chi dalu, John Jones," meddai. "Y cyfle diwethaf."

Ysgydwodd eu tad ei ben yn benderfynol.

Amneidiodd y swyddog ar y plismyn.

"Cliriwch y bobl 'ma o'r neilltu i ni gael mynd i'r cae at y gwartheg," gorchmynnodd.

"Dydyn nhw rioed am fynd â'r ddwy fuwch!" meddai Thomos yn wyllt.

Rhoddodd sbonc sydyn wrth deimlo trwyn oer yn cyffwrdd ei law. Yna gwenodd a phwnio Wiliam. Roedd Mot wedi dod atyn nhw i'r cae. Doedd o ddim yn hoffi'r holl bobl yn gweiddi a hwtian a chanu'u cyrn yn y buarth, ac wedi rhedeg i'r cae i osgoi'r sŵn. Yn awr, roedd o'n gorwedd yn glòs wrth ochr y ddau ac yn ysgwyd ei gynffon yn braf.

"Yli! Dos di i agor y giât i'r cae nesaf," gochmynnodd Tomos. "Mae'r tarw yn fan'no. Mi gaiff Mot ei nôl o. Wnaiff y swyddogion ddim mentro yno wedi gweld y tarw, sti."

Llyncodd Wiliam ei boer yn annifyr. Doedd o ddim eisio gwrthwynebu'r plismyn, ond doedd o ddim eisio iddyn nhw werthu'r ddwy fuwch chwaith.

"Pam fi?" holodd yn ofnus. "Dos di."

"Y fi sy'n medru gorchymyn Mot," meddai Tomos. "Mae o'n gwrando arna i."

Doedd Wiliam ddim yn siŵr iawn a oedd o am fentro ai peidio. Ond roedd yn rhaid iddyn nhw wneud rhywbeth, neu mi fuasai'r swyddogion yn cymryd y ddwy fuwch.

"Cadwa o'r golwg," gorchmynnodd Tomos. "Brysia!"

Cynyddodd y sŵn a'r gweiddi o'r buarth wrth i'r ffermwyr wrthod symud o'r neilltu i'r plismyn.

Gwyliodd Tomos wrth i Wiliam redeg nerth ei draed am giât y cae nesaf. Roedd pawb yn rhy brysur yn y buarth i'w weld yn agor y giât, ac yn swatio y tu ôl iddi wedyn.

"Dos i'w nôl o, Mot," gorchmynnodd Tomos, gan chwifio'i fraich i gyfeiriad cae y tarw. "I ffwrdd â thi!"

Edrychodd Mot yn ansicr arno am eiliad. Nôl y gwartheg, ynte nôl y tarw oedd ei feistr yn feddwl?

"Fan'cw!" gorchmynnodd Tomos gan chwifio'i fraich eto. "Nôl o, was."

Rhedodd Mot fel mellten ar draws y cae a diflannu i'r cae nesaf. Yn fuan daeth y tarw i'r golwg a Mot yn dynn wrth ei sodlau.

Erbyn hyn, roedd y swyddogion a'r plismyn wedi gwthio eu ffordd drwy'r dyrfa ac wedi cyrraedd canol y cae. Doedden nhw ddim wedi sylwi ar y tarw.

"Rŵan am hwyl," meddai Tomos wrtho'i hun.

Gwelodd y tarw nhw. Safodd yn ei unfan am eiliad. Ond roedd Mot yn brathu ac yn pinsio'i sodlau a chychwynnodd ar draws y cae ar ras wyllt. Anelodd y tarw am y plismyn a'r swyddogion. Dechreuodd buo'n ffyrnig.

"TARW!"

Sylweddolodd y plismyn a'r swyddogion y perygl. Troesant ar eu sodlau a dechrau rhedeg am y buarth.

Roedd y tarw wrth ei fodd. Rhoddodd ei ben i lawr a'i gynffon i fyny. Carlamodd amdanynt. Roedd o'n ennill tir, a'r swyddogion a'r plismyn yn baglu a rhedeg am y gorau o'i flaen.

Gafaelodd y ffermwyr yn eu pastynau, yn barod i'w hachub. Ond roedden nhw am oedi dipyn bach. Jest i gael hwyl wrth weld y rhedeg a'r baglu.

Collodd un plismon ei helmed yn y rhuthr. Ond doedd ganddo ddim amser i'w chodi. Roedd y tarw wrth ei sodlau. Wrth weld y tarw'n ennill y dydd arnyn nhw, brysiodd y ffermwyr i'r cae i'w hachub. Ac wrth weld cynifer o bobl o'i flaen, sgrialodd y tarw i'w unfan ac edrych o'i gwmpas yn ansicr. Doedd o ddim yn siŵr pwy i'w erlid nesaf.

"Hel o i ffwrdd, Mot," gorchmynnodd Tomos, wedi anghofio popeth am gadw o'r golwg am ei fod o'n chwarae triwant.

"Mi gewch glywed rhagor am hyn," bygythiodd y swyddogion wrth ddringo i'r gert a chychwyn yn ôl am y pentre.

"Hwrê!" bloeddiodd y ffermwyr yn fuddugoliaethus.

Ond roedd pawb yn gwybod mai'r sgarmes gyntaf oedd hon. Mi ddeuai'r swyddogion yn ôl i hawlio tâl y Degwm.

6

"A beth oeddech chi'ch dau yn ei wneud gartre?" holodd eu mam.

Edrychodd Tomos a Wiliam ar ei gilydd heb ddweud gair.

"Rydyn ni'n talu dwy geiniog yr un bob wythnos er mwyn i chi gael mynychu'r ysgol 'na," meddai eto. "Dwy geiniog o arian prin y fferm 'ma."

"Ia . . . ond . . ." cychwynnodd Tomos.

"Ond . . . be?" holodd ei fam yn flin.

"Y . . . tarw . . ." meddai Tomos.

Daeth pwff bach o chwerthin o gyfeiriad y bwrdd. Roedd gwên ar wyneb eu tad.

"Rhaid i ti gyfaddef fod y tarw wedi gwneud ei waith, Jane," meddai. "Welwn ni mo'r swyddogion 'na yn y cae eto."

Roedd gwên ar wyneb eu mam hefyd er ei bod hi'n trio dal i ddweud y drefn.

"Dim ots am yr ysgol, yn nac ydi, Mam?" meddai Tomos wrth weld y ddau'n gwenu.

"Oes, Tomos, mae ots," meddai eu tad yn gryf. "Mae addysg yn bwysig bob amser."

"Ond Saesneg ydi iaith yr ysgol," grwgnachodd Wiliam. "A dydw i ddim yn dallt Saesneg, Mam."

"Saesneg neu beidio, rhaid mynd i'r ysgol a dysgu," meddai eu tad. "Felly, dim chwarae triwant eto. Dallt?"

Nodiodd y ddau a chroesi eu bysedd y tu ôl i'w cefnau. Os oeddech chi'n gwneud hynny, doedd addewid ddim yn cyfrif, yn nac oedd?

Fore trannoeth cychwynnodd y ddau am yr ysgol. Roedd Mistar Jones yn gwybod am helynt y Degwm y diwrnod cynt, ond ddywedodd o 'run gair i ddechrau, dim ond galw'r enwau oddi ar y rhestr mewn llais cas.

"Disgwyl ei gyfle mae o," sibrydodd Tomos wrth Wiliam. "Y sinach iddo fo."

Ac felly y bu hefyd.

"*And since you two were so busy yesterday,*" meddai Mistar Jones o'r diwedd, "*you can tell us all about your day. Beginning with you, Wiliam. Stand up.*"

Dechreuodd pengliniau Wiliam grynu. Roedden nhw'n gwrthod ufuddhau iddo.

"*STAND UP, BOY!*" bloeddiodd Mistar Jones.

Pwniodd Tomos ef yn ddirgel.

"Sefyll," sibrydodd drwy gongl ei geg.

Ufuddhaodd Wiliam yn grynedig.

"*Well?*" holodd Mistar Jones.

Ond fedrai Wiliam druan ddweud dim. Ac am hynny fe gafodd y *Welsh Not* a'i anfon i sefyll yn y gongl yn syth bìn, a llais Mistar Jones yn rhuo yn ei glustiau.

Ac ar y ffordd adre, roedd David Buarth Ganol wedi dechrau herio . . . a hynny yn Saesneg rhag ofn i rywun achwyn wrth Mistar Jones amdano.

"*Can't pay the* Degwm . . . *can't pay the* Degwm," llafarganodd.

"Cau dy geg," meddai Tomos.

"*My father pays the* Degwm. *You're chapel beggars. Beggars can't pay.*"

"Cau dy geg, neu mi caea i hi," bygythiodd Tomos wedi cael llond bol.

Am nad oedd gan Buarth Ganol darw, mi fyddai'n rhaid i Elias Buarth Ganol ddŵad â'i fuchod at y tarw i Waun Dirion. A doedd o ddim yn lecio hynny. Cenfigen, meddai eu tad. Ac wrth gwrs, roedd teulu Buarth Ganol yn eglwyswyr rhonc.

"Cynffonnwr!" bloeddiodd Tomos yn llawn tymer.

"Pwy wyt ti'n ei alw'n gynffonnwr?" bloeddiodd David wedi anghofio popeth am y Saesneg.

"Y chdi . . . a dy deulu. CYNFFONNWRS EGLWYS!" bloeddiodd Tomos.

"*CHAPEL BEGGARS!*"

"CYNFFONNWRS EGLWYS!"

Yr eiliad nesaf roedd David wedi neidio arno a'i ddyrnu yn ei drwyn.

"Yli di," bygythiodd Tomos gan drio sychu'r afon waed a lifai heibio i'w geg. Caeodd ei ddyrnau. Dechreuodd y ddau ymrafael yn wyllt. Yn fuan, roedden nhw'n rhowlio'n ôl a blaen ar y ffordd gan ddyrnu a sgyrnygu.

"Tomos!" erfyniodd Wiliam gan symud o un droed i'r llall yn nerfus. "Peidiwch. Plîs. Peidiwch."

Ond doedd yna ddim peidio ym meddwl y ddau. Roedden nhw'n elynion ers talwm. A rŵan daeth yn amser talu'n ôl.

"Cynffonnwrs eglwys!"

"Chapel beggars! Chapel beggars!" gwawdiodd David gan gofio am y Saesneg unwaith eto.

Erbyn hyn roedd dillad y ddau yn griau ac yn llwch i gyd. Ac roedden nhw wedi blino ar yr ymladd hefyd.

Cododd y ddau ac edrych ar ei gilydd yn wyliadwrus.

"Wedi cael digon?" holodd Tomos yn fygythiol.

Baciodd David gam neu ddau cyn troi a rhedeg oddi yno. Trodd yn ôl i weiddi nerth esgyrn ei ben, ". . . *CHAPEL BEGGARS!*"

Heglodd hi i gyfeiriad ei gartre.

"Cynffonnwr," meddai Tomos gan geisio sychu

rhagor o'r gwaed a lifai o'i drwyn. "Ond mi gafodd o gwrbins go iawn gen i."

"Be ddeudith Mam a Dad?" gofynnodd Wiliam.

"Dim ots gen i. Ar David oedd y bai," meddai Tomos.

Erbyn iddo gyrraedd adre, roedd ei drwyn wedi chwyddo gymaint â dau. Ac roedd ei grys a'i hances yn waed i gyd.

Bu ei fam yn twt twtio uwch ei ben wrth sychu'r gwaed ac yn holi beth ddigwyddodd.

"O diar!" ochneidiodd. "Beth ddaw ohonon ni, wn i ddim wir."

7

"Mae pethau'n gwaethygu, mae arna i ofn," meddai eu tad wedi dychwelyd o Ddinbych.

"Be sy, John?" holodd eu mam yn ofnus.

"Sôn bod Inspector Vaughan wedi archebu waganét John Wiliams y Crown erbyn fory. Mi fydd yna blismyn a beili, ac Ap Mwrog, arwerthwr o'r Rhyl hefyd."

"Fydd 'na ffermwyr yn gorymdeithio eto, Dad?" holodd Tomos.

"Wrth gwrs," oedd yr ateb. "Mi fyddwn ni'n barod amdanyn nhw."

"Gawn ni ddŵad?"

"Dydi o ddim yn lle i blant," meddai ei dad. "Mynd i'r ysgol fyddai orau."

"Plîs, Dad."

Fe welodd Tomos fod ei dad mewn cyfyng-gyngor.

"Plîs," meddai eto. "Mi gadwn ni'n ddigon pell."

"Mi gewch aros gartre ar y fferm," meddai eu tad. "Rhag ofn y bydd 'na firi yn y pentre."

Wrth gwrs, doedd Tomos na Wiliam ddim am aros gartre. Roedden nhw wedi cael blas ar y gweiddi a chwifio baneri a chanu cyrn. Ac, wrth gwrs, ar hwyl y tarw hefyd. Y nhw achubodd y ddwy fuwch y diwrnod hwnnw. Roedden nhw ill dau yn arwyr!

Wedi i'w tad gychwyn am bentre Llangwm, sleifiodd y ddau i'r gegin.

"Caead sosban a darn o bren bob un i wneud sŵn," meddai Tomos. "Mi fydd yna hwyl go iawn."

Dilynodd y ddau eu tad. Roedden nhw'n gofalu cadw'n ddigon pell rhag ofn iddo droi i edrych yn ôl a'u gweld.

"Dydw i ddim am golli'r hwyl," meddai Tomos. "Ac efallai y medrwn ni helpu eto, sti."

Chwifiodd y caead sosban uwch ei ben ac agor ei geg i roi bloedd go iawn. Ond fe gofiodd bod ei dad ar y blaen, a chaeodd hi drachefn.

Roedd yna dyrfa fawr o bobl yn disgwyl wrth y dafarn. Felly roedd yn hawdd i Tomos a Wiliam guddio rhag i'w tad eu gweld. A chymerodd 'run o'r ffermwyr sylw o'r ddau. Roedden nhw'n rhy brysur yn siarad a threfnu a bygwth.

Daeth bloedd oddi wrth y lwcowts.

"DYMA NHW!"

"I'w cyfarfod nhw!" bloeddiodd y ffermwyr.

Brysiodd y dyrfa ar hyd y ffordd i gyfarfod y waganét. Eisteddai dynion dieithr ynddi efo tri phlismon. Un o'r dynion oedd Ap Mwrog, arwerthwr oedd yn mynd o fferm i fferm i werthu gwartheg a phethau a atafaelwyd.

Ond roedd y dyrfa mor fawr fel na allai'r gyrrwr symud ymlaen. Bu'n rhaid i'r teithwyr ddod i lawr ohoni.

"HWDWCH! CYMERWCH RHAIN!" bloeddiodd y dyrfa gan daflu wyau drwg at Ap Mwrog a'i ffrindiau.

"Yn ôl!" gorchmynnodd hwnnw ac afon o wy drwg yn llifo i lawr ei gôt.

"Ew!" meddai Tomos. "Biti na fuasai gen inna wyau drwg."

Penderfynodd y dreifar yrru ymlaen.

"Hei, y ffŵl!" galwodd y ffermwyr wrth weld y waganét yn dŵad amdanynt.

Dechreuodd pawb ganu'r cyrn a hwtio a chwifio baneri o flaen y ceffylau. Trawodd Tomos a Wiliam y caeadau sosbenni hefyd nes bod y lle'n diasbedain.

Dychrynodd y ceffylau a dechrau cicio a

strancio. Torrodd y tresi, a'r eiliad nesaf roedden nhw'n carlamu'n afreolus i gyfeiriad Corwen, a'r dreifar yn methu'n lân â'u rheoli.

"Hwrê!" galwodd y dyrfa.

"Hwrê!" galwodd Tomos a Wiliam hefyd.

Yna brysiodd y dorf i amgylchynu Ap Mwrog.

"Gwerthu ein hanifeiliaid," gwaeddodd un yn fygythiol.

"Ffrind i'r eglwys," gwaeddodd rhywun arall.

"Daliwch o!" gwaeddodd pawb.

Ni allai Ap Mwrog ddianc.

"Taflwch o dros y bont i'r dŵr," gwaeddodd rhywun.

"Na! Na! Peidiwch!" erfyniodd Ap Mwrog.

Ond roedd dwylo cryfion yn gafael ynddo ac yn ei hebrwng gam ar ôl cam yn nes at lan yr afon.

"Mi fydd yn wlyb socian," chwarddodd Tomos. "Eitha gwaith â fo hefyd."

Cododd y ffermwyr Ap Mwrog a'i ddal uwchben y dŵr.

Estynnodd un ddarn o bapur iddo.

"Arwydda hwn, neu yn y dŵr fyddi di," meddai.

"Be ydi o?" holodd Ap Mwrog yn grynedig.

"Addewid na ddoi di byth yn ôl yma, neu fyddi di'n gorff marw."

Arwyddodd Ap Mwrog y papur ar unwaith.

"Yli ofn sy arno fo," wfftiodd Tomos.

Ond roedd Wiliam yn meddwl y buasai arno yntau ofn hefyd pe buasai rhywun yn bygwth ei daflu i'r dŵr, a'i ladd os deuai'n ei ôl.

"Dyna ni wedi ennill eto," meddai Tomos yn fuddugoliaethus.

Ond roedd yn bryd iddyn nhw fynd adre, neu mi fyddai eu tad yn siŵr o'u gweld.

"A lle rydych chi wedi bod efo fy nghaeadau sosbenni i, y cnafon?" holodd eu mam wedi iddyn nhw gyrraedd.

"Jest cael hwyl, Mam," meddai Tomos gan roi winc slei ar Wiliam.

Wel, roedd hynny'n wir, doedd? Roedden nhw wedi cael hwyl ardderchog!

8

"Sdim argoel fod petha'n gwella," meddai eu tad wrth y bwrdd brecwast. "Mae'n well i chi aros gartre o'r ysgol heddiw hefyd."

"Ond beth am y grôt sy wedi ei dalu dros y ddau am yr wythnos, John?" meddai eu mam. "Gwastraff arian ydi peth fel'na."

"Mi fydd rhagor o firi heddiw," meddai eu tad eto. "A llawer diwrnod arall hefyd. Felly aros ar y fferm sy orau. A dim crwydro, dalltwch chi," rhybuddiodd gan edrych ar y ddau.

Ddywedodd 'run o'r ddau fachgen air o'u pennau. Doedden nhw ddim am addo aros gartre os oedd yna gyfle i weld rhagor o hwyl.

"Rydw i'n cychwyn rŵan," meddai eu tad gan godi oddi wrth y bwrdd. "Rhaid rhwystro'r beili rhag cyrraedd yma, na'r un fferm arall chwaith."

"Ond mae'r Prif Gwnstabl wedi bygwth dŵad â rhagor o blismyn," meddai eu mam yn gynhyrfus. "Bydda'n ofalus, John. Mae dynion yn cael eu curo a'u pastynu, ac yn cael anafiadau ofnadwy."

Roedd ei llygaid yn llawn dagrau wrth wylio ei gŵr yn cerdded am y pentre. Yna trodd gydag ochenaid a gwisgo ei ffedog fras.

"Wel," meddai. "Rhaid gwneud ymenyn, neu fydd gen i ddim i'w werthu yn y pentre fory. Wiliam, dos di i gasglu wyau, a Tomos, mi gei dithau garthu'r beudy."

"O . . . Mam," ochneidiodd Tomos. "Oes raid?"

"Oes," oedd yr ateb pendant.

"Gawn ni fynd i'r ffridd i chwarae wedyn?" gofynnodd Tomos yn obeithiol.

Roedd o'n bwriadu sleifio i gyfeiriad y pentre y cyfle cyntaf a gâi o.

"Ar ôl i chi orffen eich gwaith," cytunodd ei fam, gan gychwyn am y llaethdy.

"Brysia i hel wyau i ni gael mynd," gorch-mynnodd Tomos wrth ei frawd.

Gafaelodd yn y ferfa a'r brws. Rhowliodd y ferfa drwy ddrws y beudy ar frys gwyllt a dechrau brwsio'n egnïol. Wedi cael pentwr o dail at ei gilydd, cododd y cyfan i'r ferfa efo'r rhaw arbennig, a'i rhowlio wedyn i ddymchwel y llwyth ar y domen yn y buarth. Yn fuan, roedd o'n diferu o chwys drosto. Ond roedd o wedi gorffen!

"Dwyt ti byth yn barod?" holodd yn ddiflas wrth weld Wiliam yn dal i chwilota am wyau yn y gwrych o bobtu'r buarth.

"Maen nhw'n dodwy ymhob man," cwynodd Wiliam gan ddangos ei law a'i arddwrn yn llawn sgriffiadau wedi iddo chwilio am nythod yng nghanol y drain.

"Wedi gorffen, Mam. Mynd rŵan!" galwodd Tomos.

"Lle mae'r fasged wyau?" galwodd eu mam o'r llaethdy.

"Ar y bwrdd yn y gegin," atebodd Wiliam.

Roedd y ddau'n gwybod y byddai eu mam yn gweithio'n galed drwy'r dydd – golchi'r wyau a gwneud ymenyn erbyn y farchnad, a bwydo'r ieir a'r hychod a'u moch bach. Ond roedd eu tad wedi rhoi gwair i Samson a Bess yn y stabl, ac wedi godro hefyd cyn gadael.

Am eiliad, petrusodd y ddau. Doedd o ddim yn deg bod gan eu mam gymaint o waith a hwythau'n stelcian i ffwrdd. Ond ddim ond am heddiw, cysurodd y ddau eu hunain. Fe wnaen nhw roi lot fawr o help iddi fory.

Cychwynnodd y ddau i gyfeiriad y ffridd rhag ofn bod eu mam yn gwylio. Dilynodd Mot nhw.

"Dos yn ôl. Chei di ddim dŵad," meddai Tomos, gan chwifio'i fraich yn awdurdodol.

Safodd Mot ac edrych yn dorcalonnus arno.

"Yn ôl ddeudis i," gorchmynnodd Tomos.

Trodd Mot yn anfodlon am y buarth.

"Dim iws, sti," eglurodd Tomos wrth ei frawd. "Beth tasa fo'n mynd ar goll yn y dyrfa?"

Cerddodd y ddau ymlaen am ychydig. Yn sydyn safodd Tomos yn stond.

"Glywi di'r sŵn 'na?" holodd yn gyffrous.

Dringodd y ddau i ben y wal er mwyn cael gweld ymhellach.

"Milwyr!" meddai Tomos wedi dychryn. "*Lot* ohonyn nhw. Ac maen nhw'n dŵad i'n fferm ni. Rhaid i ni rybuddio Mam!"

Rhedodd y ddau nerth eu traed i gyfeiriad y buarth.

9

"Mam! Mam! Mae *milwyr* yn dŵad. Criw mawr ohonyn nhw. A phlismyn a ffermwyr a chert a . . . a . . . a . . . LOT!"

"Y nefoedd fawr!" meddai eu mam mewn dychryn.

Brysiodd allan o'r llaethdy gan sychu ei dwylo yn ei ffedog fras. Gwyliodd yr orymdaith yn nesáu, yn methu credu'r hyn a welai.

Roedd milwyr ar y blaen, y gert yn dilyn, milwyr a phlismyn wedyn, a thyrfa fawr o ffermwyr yn rhedeg drwy'r caeau o bobtu'r ffordd i geisio achub y blaen arnyn nhw. Ac yno hefyd roedd eu tad.

"ONE! TWO! ONE! TWO! QUICK MARCH!' bloeddiodd y Sarjant ar y blaen.

Trodd y milwyr i'r cae gwartheg cyn i'r ffermwyr fedru cyrraedd yno.

Safodd y Ficer ar ei draed yn y gert.

"John Jones," meddai. "Ydych chi am dalu?"

"Nac ydw," gwaeddodd eu tad.

"BYTH!" gwaeddodd y ffermwyr i gyd.

Dechreuodd y dorf symud yn gylch bygythiol o gwmpas y gert. Chwifiodd rhai eu dyrnau a thaflu tywyrch a cherrig.

"*KEEP AWAY!*" rhybuddiodd y Sarjant.

Tynnodd y plismyn eu pastynau a dechrau eu chwifio i atal y ffermwyr.

"Cadwch draw!" bloeddiodd Inspector Vaughan.

Ond waeth iddo heb. Tynhaodd y cylch ffermwyr o'u cwmpas.

"Arnoch chi mae'r bai am hyn," meddai'r Inspector.

Amneidiodd ar ei blismyn i gerdded ymlaen gan godi eu pastynau'n barod i daro.

"Yn ôl! Yn ôl!" gwaeddai'r plismyn.

Yn fuan roedden nhw'n pastynu i bob cyfeiriad a rhai o'r ffermwyr yn disgyn yn waed i gyd.

"Y cnafon," ochneidiodd eu mam. "Gobeithio na cheith 'ych tad ei anafu. Diar diar! Beth ddaw ohonon ni?" ychwanegodd yn boenus.

Roedd Tomos wedi cau ei ddyrnau ers meitin. Cwrbins iawn oedd y plismyn a'r milwyr ei angen. Doedd ganddyn nhw ddim hawl trio dwyn y gwartheg.

Daeth gosteg am ychydig wrth i bawb weld y clwyfau. Manteisiodd dyn yn y gert ar y cyfle. Safodd i ddarllen y Ddeddf Cyfraith a Threfn.

"Pwy bynnag ag sydd yn ymhél at ei gilydd . . ." dechreuodd mewn llais uchel.

"O, diar annwyl!" ochneidiodd eu mam o ddrws y llaethdy. Gafaelodd yn dynn yn Tomos a Wiliam a chau ei llygaid yn grynedig.

Cynyddodd yr hwtian a gweiddi fel bod llais y dyn wedi'i foddi gan y sŵn.

Ond roedd y beili'n benderfynol.

"Rydyn ni'n atafaelu dwy fuwch i dalu'r ddyled, John Jones," gwaeddodd gan anwybyddu'r gwaed a chlwyfau'r ffermwyr.

Nodiodd i roi caniatâd i'r arwerthwr.

"Faint gynigiwch chi am y ddwy fuwch 'ma?" gwaeddodd hwnnw gan ddal ei forthwyl yn barod i'w gwerthu.

Doedd yna neb am gynnig ceiniog, dim ond bygwth yn isel o dan eu gwynt, a sychu'r gwaed oddi ar eu hwynebau.

"Dwy fuwch ar werth i dalu dyled y Degwm," bloeddiodd yr arwerthwr eto.

Nodiodd cigydd dieithr o'r Rhyl a chodi'i law i gynnig pris. Roedd o'n meddwl yn siŵr y buasai'n cael bargen dda. A doedd dim tamaid o ots ganddo am y ffermwyr.

"Iawn," meddai'r beili gan daro'r morthwyl i selio'r fargen.

"BRADWR!" gwaeddodd y ffermwyr gan gau eu dyrnau.

Cerddodd y plismyn a'r milwyr i geisio amgylchynu'r ddwy fuwch er mwyn eu hel o'r cae, ac i lawr am y pentre. Ond roedd y ffermwyr yn benderfynol. Safodd pawb yn y ffordd yn barod i'w rhwystro.

"Cliriwch y ffordd!" gwaeddodd Inspector Vaughan.

Dechreuodd y plismyn ddefnyddio'u pastynau eto.

Ond symud yn ôl yn araf bach roedd y ffermwyr, ac ymlaen wedyn os caent gyfle. Ac roedden nhw'n dal i weiddi a hwtian, a chwifio baneri ac ymwthio a sathru traed. Unrhyw beth i atal yr awdurdodau rhag cymryd y gwartheg.

"*FORWARD!*" gorchmynnodd y Sarjant wedi colli ei limpin.

"*FORCE YOUR WAY THROUGH*," bloeddiodd wedyn.

Gorymdeithiodd y milwyr ymlaen gan orfodi'r ffermwyr yn ôl gam wrth gam. Ond erbyn hyn, roedd y gwartheg wedi myllio'n lân. Doedden nhw ddim yn lecio'r plismyn, na'r milwyr yn eu cotiau coch, na'r gert na'r baneri, na'r hwtio na dim. Carlamodd y cyfan i ben draw'r cae, a doedd waeth i'r plismyn a'r milwyr heb â cheisio eu hel oddi yno.

Er bod eu pennau a'u breichiau'n brifo, a bod gwaed yn llifo i lawr eu hwynebau, dechreuodd y ffermwyr chwerthin wrth weld y milwyr a'r plismyn yn rhedeg rownd a rownd, a'r gwartheg yn carlamu i'r dde ac i'r chwith yn benderfynol eu bod nhw am aros yn y cae.

"Hwrê!" meddai Tomos.

Doedd dim modd gwahanu'r ddwy fuwch oddi wrth weddill y gwartheg. Roedd yn rhaid i'r awdurdodau eu gadael yno.

"Mi fyddwn ni'n ôl," addawodd Inspector Vaughan. "Mae'r atafaelu'n siŵr o ddigwydd. Coeliwch chi fi."

"Bygwth mae o," meddai eu tad ar ôl i bawb fynd adre.

Ond roedd yntau'n gwybod bod Inspector Vaughan yn dweud y gwir. Mi fydden nhw'n ôl gyda mwy fyth o filwyr a phlismyn y tro nesaf.

10

Daeth cert fechan a cheffyl sionc rhwng ei thresi i'r buarth ben bore trannoeth. Cododd Jane Jones a mynd at y ffenest fach i weld pwy oedd yna.

"Y Stiward!" meddai'n gyhyrfus.

Brysiodd yn ôl at y bwrdd, a dechrau casglu'r llestri brecwast at ei gilydd yn frysiog. Roedd hi'n poeni tybed a oedd y gegin yn ddigon twt a glân i dderbyn dyn mor bwysig.

Cododd John a chychwyn am y drws i gyfarfod y Stiward. Roedd yntau'n dyfalu pam roedd o yno mor fore.

Dilynodd Wiliam a Tomos wrth ei gwt.

"Bihafiwch eich hunain," galwodd eu mam. "Neu mi fydd y Stiward yn dweud wrth Syr Edmwnd."

"Mae ganddo fo geffyl gwych," meddai Wiliam wedi cyrraedd y buarth. "Rydw i am gael ceffyl fel'na ryw ddiwrnod hefyd."

"Ceffyl byddigions ydi o," wfftiodd Tomos. "Ddim ceffyl fferm, siŵr."

"Dim ots," meddai Wiliam .

Eisteddai'r Stiward yn bwysig yn y gert. Roedd ganddo wyneb llydan bochgoch a mwstásh yn hongian o bobtu'i geg. Gwisgai het galed am ei ben, a siwt drwsiadus ddu am ei gorff boliog. Cariai chwip ysgafn i sbarduno'r ceffyl yn ei law chwith. Roedd golwg sarrug ar ei wyneb.

Dringodd o'r gert a thaflu ffrwynau'r ceffyl i gyfeiriad Tomos.

"Rho fo'n sownd yn y polyn 'na, fachgen," gorchmynnodd, gan edrych o gwmpas y buarth yn feirniadol.

"Angen clirio'r domen 'ma, John Jones," meddai gan bwyntio at y domen dail o flaen y beudy.

"Am ei chlirio fory nesa," atebodd yntau.

"Hrmph!" oedd ymateb diamynedd y Stiward.

"Dowch i'r tŷ," gwahoddodd eu tad.

"Croeso," galwodd eu mam o'r gegin.

"Bihafiwch!" sibrydodd wedyn wrth i Tomos a Wiliam ddilyn eu tad i'r gegin.

Roedd y Stiward yn ddyn pwysig iawn, ac roedd eu mam wedi eu siarsio i fod yn fanesol tuag ato bob amser. Y fo oedd gwas swyddogol Syr Edmwnd, meddai hi, a byddai'n rhaid i'r tenantiaid gowtowio iddo bob amser.

"Y ddau fachgen 'ma ddim yn yr ysgol heddiw?" sylwodd y Stiward. "Pam hynny, John Jones?"

"Tipyn o firi o gwmpas y pentre," eglurodd eu tad. "Meddwl y buasai'n well iddyn nhw aros yma."

Eisteddodd y Stiward yn y gadair freichiau ac edrych o gwmpas y gegin.

"Lle cyffyrddus ganddoch chi," meddai.

"Mae angen lot o welliannau yma," mentrodd eu tad. "Rydyn ni wedi gofyn am ffenestri newydd droeon."

Sythodd y Stiward yn sydyn.

"Ia, wel . . . gwelliannau," meddai. "Mae Syr Edmwnd yn fodlon ystyried hynny, ond i chi dalu'r Degwm fel y dylech chi."

"Ond fedra i ddim ei dalu'n llawn," meddai eu tad. "Taswn i ond yn cael gostyngiad o ddeg y cant. Mae prisiau isel iawn ar bopeth eleni."

"Mae Syr Edmwnd wedi ei siomi'n arw. Yn arw iawn hefyd. Mae'n warthus bod tenant iddo fo'n gwrthod talu. A mwy na hynny, rydych chi'n mynychu'r capel, ac nid yr eglwys, John Jones."

"Capelwr ydw i," oedd ateb eu tad.

"Siomedig iawn. A chithau â fferm mor dda. Fferm y buasai llawer ffermwr yn diolch am ei chael. Ffermwr fuasai'n talu'r Degwm yn llawn. Eglwyswr hefyd."

Disgynnodd distawrwydd yn y gegin. Edrychodd Tomos a Wiliam ar y Stiward. Roedd golwg gas arno. Ac roedd wyneb eu mam yn wyn gan sioc. Beth oedd y Stiward yn ei feddwl? Oedd o'n eu bygwth?

"Mae Syr Edmwnd yn ddyn rhesymol iawn," meddai'r Stiward eto. "Ond mae o'n disgwyl i bob tenant dalu ei ddyledion, dach chi'n gweld, John Jones."

"Ond rydw i'n talu fy rhent bob amser," meddai eu tad.

"Wrth gwrs," cytunodd y Stiward. "Ond tybed fedrwch chi dalu'r codiad newydd yn y rhent? Yn enwedig a chithau'n cwyno bod prisiau mor wael."

"Codiad newydd yn y rhent? Ond mae o'n uchel yn barod."

"Mae costau Syr Edmwnd yn uchel iawn hefyd. Mi fydd y rhent yn dyblu."

"*Dyblu!* Ond . . . ond fedra i ddim fforddio talu mwy," meddai eu tad.

"Gorau po gyntaf i chi chwilio am fferm arall felly," meddai'r Stiward.

Estynnodd ddarn o bapur o'i boced a'i roi ar y bwrdd.

"Dyma'r notis. Allan ymhen y mis, John Jones."

"Ond . . ."

Cerddodd y Stiward o'r gegin heb air arall.

"Ond . . ." meddai eu tad eto gan neidio o'i gadair a'i ddilyn am y drws. "Rydw i wedi gofalu'n dda am y fferm, ac wedi gwario peth o f'arian fy hun yma hefyd," meddai.

Ni chymerodd y Stiward arno ei fod wedi'i glywed. Gafaelodd yn ffrwynau'r ceffyl a dringodd i'r gert.

"Mis o notis, John Jones. Ymlaen!" gorchmynnodd, gan daro'i chwip yn ysgafn ar war y ceffyl.

Dychwelodd eu tad yn wargam i'r gegin. Roedd pawb wedi eu syfrdanu.

"Gadael?" holodd eu mam trwy wefusau sych. "Be ddaw ohonon ni, John? Lle medrwn ni gael fferm arall? Syr Edmwnd piau nhw i gyd yn yr ardal yma."

11

"Pam mae'n rhaid i ni fynd o'ma, Mam?" holodd Wiliam. "Dydw i ddim eisio mynd."

"Na ninnau chwaith, Wiliam bach," meddai ei fam mewn llais llawn dagrau. "Ond does gynnon ni ddim dewis, sti. Syr Edmwnd biau'r fferm, a chanddo fo mae'r hawl."

"Fedrwch chi ddim gofyn iddo fo?"

"Dydi o byth gartre, Wiliam," atebodd ei fam eto. "Byw yn Llundain mae o, ac yn gadael y cwbl i'r Stiward."

"Hen ddyn cas ydi Syr Edmwnd, Mam."

Ochneidiodd ei fam.

"Ia wir, 'ngwas i," meddai'n drymaidd. "A'r Stiward hefyd."

Eisteddodd ar y gadair freichiau a cheisio gwenu.

"Mi fyddwn ni yn ol-reit, sti," meddai. "Rydyn ni wedi cael tŷ ar rent yn y pentre."

"Ond fydd ganddon ni ddim fferm wedyn."

"Na fydd."

"A beth am y tarw a'r gwartheg . . . a . . . a'r hychod . . . a MOT! A'r defaid!"

"Mi awn ni â Mot efo ni."

Roedd Wiliam bron â chrio.

"A Samson a Bess?"

Ysgwyd ei phen heb ddweud gair wnaeth ei fam.

Rhedodd Wiliam allan. Roedd Tomos yn eistedd yng nghongl y buarth a'i ben i lawr, yn mwytho Mot.

"Dydi o ddim yn deg," meddai Wiliam.

Doedd dim ateb. Symudodd Wiliam yn nes at ei frawd.

"Dydi o ddim yn deg, yn nac ydi?" meddai mewn llais uwch.

Doedd dim ateb wedyn chwaith. Plygodd Wiliam i roi pwniad egr i'w frawd.

"Gad lonydd!" gwaeddodd Tomos.

Am y tro cyntaf, cododd ei ben ac edrych ar Wiliam. Roedd ei wyneb yn wlyb gan ddagrau. Edrychodd Wiliam yn syn arno.

"Dwyt ti rioed yn *crio*, Tomos," meddai wedi dychryn.

"Be ydi o i ti?" meddai Tomos yn flin.

Sychodd y dagrau efo cefn ei law, a sniffian yn ddigalon.

"Gorfod mynd o'ma ydyn ni, 'te? Ac rydw i eisio ffermio yma efo Dad ar ôl gadael 'rysgol."

"A finna hefyd."

"Rwyt ti'n rhy fach."

"Mi dyfa i," meddai Wiliam. "Mi dyfa i'n fwy na chdi."

"Pwy sy'n dweud?"

"Fi."

Daeth eu tad o'r beudy.

"Rŵan, rŵan," meddai'n flin. "Dyna ddigon o'r ffraeo 'ma. Rydyn ni mewn digon o helynt yn barod."

Cerddodd am y tŷ. Yn fuan daeth sŵn lleisiau'n codi a gostwng o'r gegin. Oedden nhw'n ffraeo? Aeth y ddau at y drws i glustfeinio.

"Pam maen nhw'n ffraeo, Tomos?" sibrydodd Wiliam.

"Am fod Dad yn gwrthod talu'r Degwm. Dyna pam mae'n rhaid i ni fynd o'ma," atebodd Tomos.

"Ond Syr Edmwnd sy wedi rhoi notis."

"Tasa Dad wedi talu'r Degwm, ac wedi mynd i'r eglwys, falla na fuasai'n rhaid i ni adael."

"Wir yr?"

"Wir yr," meddai Tomos.

"Ydi Mam wedi digio wrtho fo?" holodd Wiliam yn syn.

"Ydi."

Yr eiliad honno, daeth eu tad o'r tŷ. Roedd golwg 'be wna i' ar ei wyneb.

"Ol-reit, ta," cytunodd. "Mi a' i i ofyn i'r Stiward eto. Ond wnaiff o ddim gwrando, gei di weld."

Dilynodd eu mam ef i'r drws.

"Dim ond gofyn iddo fo," meddai bron â chrio. "Efallai y gwnaiff o ailfeddwl."

"Taswn i'n mynd ar fy ngliniau ac erfyn arnyn nhw am gael aros, fuasai 'na ddim gobaith," ochneidiodd eu tad. "Dynion caled iawn ydi Syr Edmwnd a'i stiward. Wnaiff 'run ohonyn nhw newid ei feddwl."

A'r noson honno, pan ddychwelodd o fod yn gweld y Stiward, ysgwyd ei ben wnaeth o.

"Dim gobaith," meddai'n benisel. "Hyd yn oed petawn i'n talu'r Degwm yn llawn, a'r codiad rhent hefyd. Mae rhywun arall wedi cael y fferm."

"Pwy, John? Pwy fuasai'n cymryd ein fferm ni fel'na?"

"Does dim angen gofyn, yn nac oes? Teulu pwy sy'n mynd i'r eglwys bob Sul, ac yn talu'r Degwm, ac yn cowtowio i'r Stiward? A phwy sy â brawd yn chwilio am fferm ers tro byd? Elias Buarth Ganol, wrth gwrs."

12

Daeth y diwrnod ymadael. Cariwyd popeth allan i'r drol gan adael eu cartref yn lle gwag, annifyr.

Dringodd Tomos a Wiliam i'r llofft am y tro olaf. Roedd y gwely plu wedi mynd, a'r gadair fechan a fu wrth y ffenest. A'r cwpwrdd dillad hefyd.

"Does 'na ddim ond y bachyn tu ôl i'r drws ar ôl," meddai Tomos yn drymaidd. "Chawn ni byth ddŵad yma eto."

"Fydd teulu David Buarth Ganol yn cysgu yma rŵan?" holodd Wiliam.

"Wfft iddyn nhw. Cynffonnwrs Syr Edmwnd a'r eglwys ydyn nhw. Ein fferm ni ydi Waun Dirion. Ond bod Syr Edmwnd ddim yn gwrando."

"Dydi o ddim yn deg," meddai Wiliam.

Caeodd Tomos ei ddyrnau wrth gofio am David Buarth Ganol. Fyddai yna ddim cau ar geg hwnnw rŵan.

Roedd y drol yn disgwyl ar y buarth, a'u rhieni'n sefyll wrthi ac yn edrych ar eu hen gartref am y tro olaf.

"Mi fuon ni'n hapus yma, on'd do?" meddai eu mam yn ddigalon.

"Ac mi fyddwn ni'n hapus eto," meddai eu tad yn gryf. "Mi ga i waith dros dro ar ffarm rhywun, gei di weld."

Ond dim ffarm iddo'i hun, heb symud ymhell bell a chwilio am feistr tir arall. Ac efallai y buasai hwnnw'n ffrindiau efo Syr Edmwnd, a ddim am rentu fferm i rywun oedd yn gwrthod talu'r Degwm.

Cerddodd eu tad i gyfeiriad y beudy am y tro olaf. Safodd wrth y drws am eiliadau hir, cyn cerdded yn araf at y stabl a'r cwt mochyn wedyn. Roedden nhw i gyd yn wag a'r anifeiliaid wedi eu gwerthu. Roedd golwg ddigalon iawn arno.

"Ydi Dad yn iawn?" sibrydodd Wiliam.

"Ffarwelio mae o," meddai eu mam a'i llais yn llawn dagrau.

Dychwelodd eu tad at y drol.

"Ia . . . wel," meddai'n drymaidd gan ddringo iddi. "Dach chi'n barod, blant?" holodd.

Dringodd Tomos a Wiliam ar ben y llwyth a galwodd Tomos ar Mot i neidio i fyny hefyd.

"Y ni fydd piau'r drol o hyd, yntê?" meddai Wiliam. "A fydd dim rhaid gwerthu Samson 'run fath â Bess, yn na fydd?"

"Does dim lle i gadw trol a cheffyl mewn tŷ, siŵr," wfftiodd Tomos.

"O," meddai Wiliam a'i galon yn suddo.

Eisteddai eu rhieni'n dawedog ar y drol, a'u cyrff yn ysgwyd o ochr i ochr wrth i'r drol fownsio a chrynu ar hyd y ffordd garegog. Roedden nhw'n rhy ddigalon i ddweud gair.

Trodd Tomos i edrych yn ôl ar eu hen gartre ac i geisio cuddio ei lygaid llawn dagrau. Doedd o ddim eisiau mynd i fyw i dŷ rhent. Na, yn Waun Dirion roedd o eisio byw.

Roedd o eisio codi yn y bore a chlywed y gwartheg yn brefu a'r hychod a'r moch bach yn rhochian yn eu cwt. Roedd o eisio clywed traed trymion Samson a Bess yn taro'r pared coed yn y stabl, a'r ceiliog yn clochdar i ddeffro pawb. Ac O! roedd o eisio gweld y tarw yn y cae a gwybod mai ganddyn nhw roedd tarw gorau'r ardal.

Ac yn fwy na dim, roedd o eisio aros yn Waun Dirion am byth. Nes y buasai fo'n hen hen ac wedi ffermio yno am flynyddoedd lawer. Ond châi o ddim.

Syllodd ar y ffordd o'u blaen yn benderfynol. Rhyw ddiwrnod mi fyddai'n siŵr o gael ei fferm ei hun. Yn rhywle. Wyddai o ddim ymhle. Ond rhywle, ryw ddiwrnod.

Rhoddodd bwniad i Wiliam.

"Mi fyddwn ni'n ol-reit, sti."

"Fyddwn ni?"

"Wrth gwrs," cysurodd Tomos. "Ac mi gawn ni fferm arall ryw ddiwrnod."

"Gawn ni?"

"Cawn," meddai Tomos yn bendant.

Gwenodd y ddau ar ei gilydd, a throi i syllu ar y ffordd o'u blaen unwaith eto.

Rhyw ddiwrnod!

Wedi cael blas ar y nofel hon?
Dyma ragor o nofelau hanesyddol gwych
sydd ar gael.

Y Llo Gwyn

Hilma Lloyd Edwards
1 84323 259 6 £4.95

Mae dathliadau'r Celtiaid yn cael eu difetha.
Pwy sydd wedi dwyn y llo gwyn sanctaidd?
A fydd hyn yn arwain at ryfel rhwng y Celtiaid a'r Rhufeiniaid?

Hon yw'r ail nofel yn y gyfres newydd, 'Slawer Dydd.

Ta-Ta Tryweryn!

Gwenno Hughes
1 85902 688 5   £3.50

Ymdrechion plant ac oedolion pentref Capel Celyn
i achub Cwm Tryweryn rhag ei foddi.

Cochyn

Gwen Redvers Jones
1 85902 780 6 £3.50

Sut oedd bywyd i ferch fach dlawd bron i 500 mlynedd yn ôl?
Mae Hawys yn benderfynol o achub unig drysor y teulu –
ceiliog o'r enw Cochyn.

Rhyfel Sam

Glenys Lloyd   1 85902 883 7   £3.95

Stori Sam, yr ifaciwi croenddu, yn ystod yr Ail Ryfel Byd
yw hon. Byw trwy'r Blits yn Lerpwl a symud i lannau'r
Afon Menai, o sŵn a bwrlwm y ddinas i dawelwch y wlad,
o gymdeithas ddinesig i gymdeithas glòs Cymraeg ei hiaith.

Blits

Vince Cross, addas. Eigra Lewis Roberts
1 84323 135 2   £4.95

Profiad Edie Benson sy'n byw drwy'r Blits yn Llundain
yn ystod yr Ail Ryfel Byd.

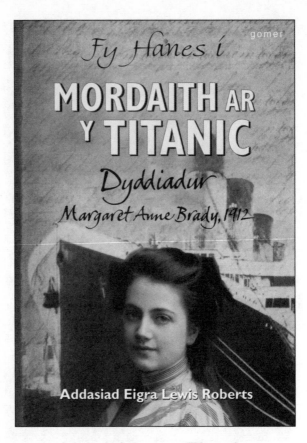

Mordaith ar y Titanic

Ellen Emerson White, addas. Eigra Lewis Roberts
1 84323 164 6   £4.95

Profiad unigryw un a fu'n deithiwr ar y fordaith
enwocaf mewn hanes.